SOCIÉTÉ DES SCIENCES,
DE L'AGRICULTURE ET DES ARTS DE LILLE.

SÉANCE SOLENNELLE

Du 5 Janvier 1908.

DISCOURS DE M. AUGUSTE FAUCHILLE

Bâtonnier de l'Ordre des Avocats,
Président de la Société pour 1907.

LE VIEUX DROIT LILLOIS
« L'ŒUVRE DE JEHAN ROISIN »

LILLE
IMPRIMERIE L. DANEL
1908.

SOCIETE DES SCIENCES,
DE L'AGRICULTURE ET DES ARTS DE LILLE.

SÉANCE SOLENNELLE

Du 5 Janvier 1908.

DISCOURS DE M. AUGUSTE FAUCHILLE,

Bâtonnier de l'Ordre des Avocats.
Président de la Société pour 1907.

LE VIEUX DROIT LILLOIS

« L'ŒUVRE DE JEHAN ROISIN »

LILLE
IMPRIMERIE L. DANEL
1908.

SOCIÉTÉ DES SCIENCES,
DE L'AGRICULTURE ET DES ARTS DE LILLE.

SÉANCE SOLENNELLE

Du 5 Janvier 1908.

DISCOURS DE M. AUGUSTE FAUCHILLE

Bâtonnier de l'Ordre des Avocats,
Président de la Société pour 1907.

LE VIEUX DROIT LILLOIS

« L'ŒUVRE DE JEHAN ROISIN »

MESSIEURS,

Lorsque le 18 Janvier 1907, je prenais possession du
fauteuil de la Présidence de la Société des Sciences, de
l'Agriculture et des Arts de Lille, je disais à mes collègues
que je ne pouvais m'empêcher de rentrer en moi-même et de
me demander ce qui me valait un tel honneur. Je m'ef-
frayais un peu à la pensée de devenir pour une année le chef
d'une savante Compagnie, comprenant dans son sein tant
d'hommes éminents qui « contribuent à l'honneur de
la Cité lilloise », suivant l'heureuse expression de
M. le Président Paul, aujourd'hui Premier Président de la
Cour de Douai, dans le jugement du 8 Février 1899,
consacrant les droits, alors contestés, de la Société.

En voyant approcher l'échéance de notre séance solennelle
et du discours présidentiel, qui est dans nos traditions, je
suis rentré de nouveau en moi-même pour me demander ce

qui, tout en restant dans le cadre de mes travaux, pourrait fournir la matière d'une étude suffisamment intéressante pour nos auditeurs, et digne de figurer dans les mémoires de notre Société.

J'ai pensé qu'il fallait chercher cette matière dans le vieux Droit lillois et je me suis arrêté au *Livre Roisin*, qui constitue, dans l'histoire du vieux Droit Français, un titre glorieux pour notre cité.

Ce Livre est certainement un des plus anciens recueils de coutumes écrites qui ait paru en France. Son auteur, Jehan Roisin, était à la fin du XIIIe siècle, clerc de la Ville, c'est-à-dire un de ses avocats-conseils. Les quelques historiens qui se sont occupés de Jehan Roisin ont longtemps discuté sur l'époque exacte de son existence et de la production de son œuvre. Il paraît aujourd'hui définitivement établi, contrairement à l'opinion émise par Lebon dans sa notice sur les historiens de Flandre, tant par l'étude de Brun-Lavainne, publiée en 1842, que par l'intéressant opuscule de notre distingué ancien Président, Jules Houdoy, publié en 1872, que Jehan Roisin était bourgeois de Lille à la fin du XIIIe siècle, que son œuvre est antérieure à la conquête de Lille par Philippe le Bel et a été terminée avant 1348, soit par Jehan Roisin lui-même, soit plutôt par son fils.

Avant Jehan Roisin l'usage était la loi souveraine, les magistrats se guidaient sur les anciennes coutumes transmises oralement de génération en génération. Un point litigieux était-il soulevé, on faisait appel aux anciens de la Cité, on les réunissait, on leur soumettait le cas ; chacun venait déclarer ce qui avait été fait, à sa connaissance, dans des circonstances identiques et comment de « si longtemps qu'il n'était mémoire du contraire », l'affaire avait été réglée.

Ce système qui exigeait de nombreux témoins, dont on pouvait craindre ou contester la véracité, était d'une pratique difficile. On conçoit donc aisément, qu'un homme ayant réuni dans un recueil, à la disposition du Magistrat, les lois qui régissaient ses concitoyens ait conservé leur estime et leur reconnaissance à travers les siècles.

Ces lois, il y avait d'autant plus d'importance à les codifier que, par un précieux privilège, les rois et les princes n'obtenaient de la Ville, à leur avènement, le serment d'obéissance et de fidélité qu'après avoir juré, sur les évangiles, de respecter les privilèges de la Cité, c'est-à-dire d'abdiquer entre les mains des bourgeois une partie de leur pouvoir souverain.

Nous nous bornerons à citer deux exemples saillants. A la fin du XIIIᵉ siècle, après un siège difficile et marqué de traits de valeur et d'héroïsme, Philippe le Bel s'empare de Lille qu'il réunit au domaine direct de la couronne. Mais la ville ne consent à capituler qu'à la condition que le Roi inscrive dans l'acte de capitulation, signé le 29 Août 1297, que lui et ses successeurs garderont la loi et les franchises, les usages et les coutumes de la Cité.

Le Grand Roi assiège Lille en 1667 ; à ce moment Lille n'est plus une ville française, il la rend à la patrie dont elle avait été séparée depuis le traité de Madrid. Louis XIV n'hésite pas à aller jurer, lui aussi, dans la collégiale de Saint-Pierre, devant la statue de la Vierge à la Treille, de respecter les franchises et les privilèges conquis par nos pères.

Ces privilèges étaient ceux contenus dans le Livre Roisin, qu'on produisait chaque fois qu'une contestation s'élevait avec le pouvoir souverain et qui devenait ainsi le Palladium de la Cité. J'espère que vous trouverez quelque intérêt à le parcourir rapidement et à vous rendre compte de ce qu'était notre droit, il y a six cents ans.

Il commence par de sages préceptes pour la conduite générale de la vie « Vivre honnêtement, ne point blesser autrui, donner à chacun ce qui lui est dû », ce sont les trois « commandements » que tous bons juges doivent avoir constamment devant les yeux et en leur cœur. C'étaient d'ailleurs les preceptes même placés en tête des Institutes de l'empereur Justinien.

L'auteur entre alors en matière.

Il pose d'abord la loi fondamentale qui dominera toute son œuvre et toute la législation locale.

Privilège de juridiction. Dans l'étendue de la Châtellenie de Lille, les bourgeois, les bourgeoises et les enfants de bourgeois ne sont justiciables que des échevins. Le Roi, le prince, les seigneurs locaux dans ce ressort, n'exercent plus la justice quand il s'agit de bourgeois de Lille.

C'est un privilège d'une valeur considérable, puisque les bourgeois ne relèvent que de leurs pairs, et l'arbitraire de plus puissants que soi n'est plus à craindre.

Un bourgeois est-il arrêté dans la Châtellenie de Lille, le bailli et le Châtelain de Lille sont requis de le faire délivrer si son corps ou ses biens sont en péril. On assemble le Conseil de la Ville, on déploie les bannières, les cloches sonnent au beffroi et la commune en armes va prêter aide et assistance au bourgeois menacé. Il suffit qu'un bourgeois crie : « Bourgeoisie »..., pour que tous ceux qui l'entendent puissent, sans péril d'amende, voler à son secours.

Droit d'Arsin. Un bourgeois est-il battu, blessé ou tué dans la châtellenie, après enquête faite par le Rewart et le bailli, si le délit est prouvé, on crie le ban pour aller venger l'honneur de la Ville atteint dans l'un de ses enfants. Trois fois la cloche sonne au beffroi ; aux deux premières sonneries, le peuple s'assemble ; à la dernière, les bannières, suivies du Rewart et de la commune en armes, se mettent en mouvement. Tous sortent de la Ville, ils se rendent devant la maison de celui qui a attaqué le bourgeois et, par trois fois, le somment de venir amender son forfait ; s'il se présente on le ramène en ville pour être jugé par les échevins ; on l'emprisonne à moins de caution suffisante fournie par lui. Refuse-t-il de se présenter, alors la commune exerce un de ses privilèges les plus redoutables, elle boute le feu à la maison du coupable et elle ne se retire qu'une fois que le feu a fait son œuvre. C'est le Droit d'Arsin, souvent contesté par les seigneurs de la Châtellenie de Lille à la Commune lilloise, mais toujours reconnu par le pouvoir souverain après des luttes souvent ardentes. On n'invoque ce droit, d'ailleurs, que dans des circonstances exceptionnelles. Le coupable peut toujours, avant ou pendant l'enquête, venir se soumettre au jugement des échevins. Il est au surplus certain de ne pas être malmené ; car, pour plus de sécurité, les échevins le font chercher, par un des leurs, à la porte de la Ville. Il se rend alors en prison où il paie, le chevalier et son écuyer 6 sous par jour, l'homme de pied 4 sous, s'il boit du vin, deux sous seulement s'il s'en prive.

Quelqu'un a-t-il éprouvé un dommage en soutenant les droits de la Ville, il est remboursé sur les deniers communs.

Bourgeoisie.　Mais comment devient-on bourgeois ?

Il faut en règle générale habiter Lille, être soumis à la taille, payer 60 sous d'artois à la Ville, et 7 deniers au clerc. Un serf ne peut être reçu bourgeois. Un étranger peut être reçu bourgeois du consentement des échevins et des jurés.

Une fois acquise la bourgeoisie se transmet de la façon suivante :

L'enfant d'un bourgeois jouit, jusqu'à sa majorité, des franchises de la bourgeoisie, mais, devenu majeur, il doit racheter sa bourgeoisie. S'il se marie, il a an et jour pour la requérir, sinon, il est « escassé », c'est-à-dire privé de ses droits.

Une bourgeoise, qui épouse un étranger nouvellement reçu bourgeois, est privée de sa franchise jusqu'au moment où son mari a six mois de bourgeoisie ; elle paie le droit d'escas.

Une veuve bourgeoise, qui épouse un étranger, paie le septième de tous les biens, meubles et immeubles, qu'elle possède hors de la Ville.

Si le fils ou la fille d'un bourgeois ou bourgeoise entrent en religion, ils doivent à la Ville le douzième de la dot qui leur est constituée. La Ville exige également un douzième sur les dons faits par ses bourgeois aux églises ou aux hôpitaux.

Franchise
des
Bourgeois.

Les franchises des bourgeois sont les suivantes :

On ne peut les arrêter pour aucuns méfaits commis en Ville qu'après jugement des échevins, à moins que l'arrestation ne soit faite par leur conseil. Sont exceptés les cas d'homicide.

Aucune perquisition ne peut être faite dans la maison d'un bourgeois ou d'un manant, sans la présence d'échevins, qui ouvriront eux-mêmes les meubles.

On ne peut juger un bourgeois ni recourir contre lui les 13 jours de Noël, les huit jours de Pâques et de Pentecôte, les 8 premiers jours de la foire, du samedi au dimanche soir, aux fêtes de Notre-Dame, des Apôtres, de la Madeleine, la nuit et le jour de la Toussaint.

Celui qui tient en prison un bourgeois doit lui fournir chaque jour un pain d'un denier et de l'eau à discrétion, à moins que le bourgeois ait de l'argent ou des amis pour obtenir une meilleure pitance. Il doit également fournir au prisonnier un lit de plume et des draps de lit de 15 en 15 jours, une courte-pointe ou tapis pour se garantir du froid.

Il doit le tenir en prison dans une maison sur la terre du prince, là où il pourra de jour aller à fenêtres sur rues. Il fournira le feu, la lumière, une table et une nappe, une toile, une chaise « kaiere » et un coussin pour le jour. Le prisonnier aura un anneau à chaque pied et, s'il plait au bourgeois qui l'a fait emprisonner, un gardien avec lequel il sera enchaîné, mais le gardien n'aura qu'un seul anneau. Le jour il pourra sortir dès le lever du soleil, à condition d'être rentré le soir lorsque sonnera le couvre-feu à Saint-Pierre. Dans les villes bâties en bois, et c'était le cas de Lille au Moyen-Age, pour éviter des incendies terribles, il était interdit de faire du feu la nuit. Tous les soirs on sonnait pour éteindre les feux ; cet usage s'est même perpétué quand les maisons ont été construites en dur, et les anciens d'entre nous se souviennent d'avoir entendu sonner au beffroi de Lille la cloche de dix heures pour éteindre les feux et fermer les estaminets.

Si le prisonnier a femme ou ami à qui il veut parler, il y est autorisé, mais le bourgeois qui a obtenu son emprisonnement a le droit d'être présent à l'entretien.

Pénalités.

Suivant la loi de la Ville, conforme en cela à l'ancien précepte : « œil pour œil, dent pour dent », le meurtre est puni de la peine de mort « mort pour mort », la perte d'un membre entraîne la perte du même membre. L'assassin a la tête tranchée sur un échafaud dressé sur la place publique.

Partout ailleurs les biens du condamné étaient confisqués. Roisin enregistre ici un des plus beaux privilèges de la commune, qui a fait l'objet d'une étude des plus intéressantes de notre ancien Président, Jules Houdoy : c'est que nul ne peut perdre à la fois son corps et ses biens « nul ne peut fourfaire le sien avec le corps ».

Celui qui a commis un homicide dans la limite de l'échevinage peut être arrêté par le seigneur, mais pour former sa plainte le seigneur doit se présenter, si l'inculpé se cache, « au cange », c'est-à-dire sur le grand marché, près de la fontaine au change et là publiquement, demander aux échevins de l'ajourner. Il est fait droit à cette requête et de trois jours en trois jours, par trois fois, l'inculpé est ajourné. Si l'inculpé fait défaut, les échevins prononcent la sentence. S'il s'est présenté et qu'il est reconnu coupable, il est conduit à l'échafaud et là, à haute voix, on demande si quelque parent du mort est présent et s'il « voelle le tièste coper », s'il veut trancher la tête du coupable. S'il est répondu affirmativement, le parent procède à l'exécution ; en cas contraire le bourreau remplit son office.

Les enquêtes sur homicide doivent, autant que faire se

peut, être basées sur des témoignages oculaires ou auriculaires. L'enquête démontre-t-elle la culpabilité de plusieurs personnes, ayant participé directement ou indirectement au meurtre, par dons ou promesses par exemple, ces personnes ne sont point quittes par suite de l'exécution du principal coupable, elles doivent être justiciées comme lui si elles sont reconnues complices.

Les homicides sont punis de mort par l'épée, les assassinats de mort par pendaison aux fourches.

Le suicidé est traité à l'égal de l'assassin ; on le traîne jusqu'aux fourches où on le pend. Si c'est une femme, son corps est brûlé sous les fourches.

Quand le seigneur ou son représentant trouvent le corps d'un suicidé, homme ou femme, ils ne doivent point le remuer, mais aviser les échevins pour que ceux-ci constatent l'état et la position du corps. Cette mesure était prise pour s'assurer qu'il n'y avait point crime.

Un supplice plus terrible que la pendaison ou la décollation est réservé à ceux qui se rendent coupables d'un viol : on leur tranche la tête avec une scie de bois.

Les faux-monnayeurs et leurs complices sont eux aussi punis de mort ; il n'y a d'ailleurs point longtemps que cette disposition a disparu de nos codes et ceux qui ont eu, entre les mains, des assignats se rappellent cette formule : tout contrefacteur sera puni de mort.

Au moyen-âge les faux-monnayeurs étaient mis dans une chaudière et bouillis sur le Marché (la Grand'Place), s'ils ont été jugés par échevins ; au Riez de la Madeleine s'ils ont été jugés par les hommes du comte. A cet endroit se trouvaient des fourches patibulaires comme il y en avait d'autres sur le chemin de la justice à Wazemmes, à proximité de la rue qui porte encore ce nom.

Le Livre Roisin contient une codification complète des formes de la procédure civile, de la saisie, de la prise de corps, de la propriété mobilière et immobilière, des loyers, des rentes, des gages et privilèges, il embrasse toutes les branches de la législation.

En feuilletant cette codification, nous avons relevé comme intéressantes, les dispositions suivantes.

ocation.

Celui qui loue une maison sans fixer de terme a droit de la garder un an, si le propriétaire ne la donne à rente avant le quatrième jour de la fête de Pentecôte. Lorsqu'une maison est donnée à loyer pour plusieurs années et que le propriétaire la donne à rente avant le quatrième jour de la Pentecôte, le louage est annulé entièrement.

Le louage des maisons commence et finit à la fête de Saint-Pierre et Saint-Paul, 29 juin. Le paiement se fait à deux termes, le quatrième jour de Noël et le quatrième jour de Pentecôte à moins de convenance spéciale : paiement par semaine ou autre ; si le propriétaire n'est point payé au jour dit, il peut se rendre chez son locataire avec un sergent et se faire donner un gage.

istinction
es biens,
meubles
mmeubles

Maisons, granges, bouveries, portes, bergeries, porcheries, fournil et clôtures, constructions de pierre et de bois doivent demeurer avec le fond et être considérés comme immeubles.

Les vignes, pommiers, poiriers, pruniers, cerisiers, pêchers, neffliers et tous arbres portant fruit sont immeubles.

De même tous bois montants, tous bois taillis de moins de cinq ans, tous hallots ayant moins de trois ans.

Sont réputés meubles les bois taillis de plus de cinq ans, les blés en terre du moment où ils sont semés, toutes semailles de Mars, toutes rentes héritières du moment où le terme du paiement est échu.

Dettes.

Celui qui s'enfuit de la Ville pour cause de dette est banni de la Ville et de la Châtellenie comme voleur, jusqu'au moment où il aura satisfait ses créanciers, qui viendront eux-mêmes en informer les échevins. Il perd pour toujours la bourgeoisie.

Quand une femme, soit demanderesse, soit défenderesse, doit prêter serment, la loi veut que son avocat tienne la main sous son poing lorsqu'elle jure « pour ce que femme est de hastive et de vollage corage plus que li home ne soit », ou comme le dit un autre texte : « de hastive corage et de volage volonté plus que li home ne sont ».

Car quiconque, homme ou femme, faisant serment ôte sa main de dessus les Evangiles, avant d'avoir prononcé les paroles exigées et d'avoir juré, perd son procès ; la loi de la Ville décide que l'on perd son procès si l'on enfreint les usages, et qu'on le gagne si c'est la partie adverse qui les enfreint. Il est nécessaire que, quiconque prête serment tienne le pouce de la main dans la paume au-dessous des autres doigts et qu'il tienne sa main sur les saints Evangiles sans recourber ni remuer les doigts ; si quelqu'un refuse de prêter serment, la partie adverse a gain de cause.

La façon de tenir les doigts présentait une grande importance, et aujourd'hui encore des personnes prêtant serment le prêtent les doigts ouverts, ce qui le rend nul suivant elles.

Les droits de veuvage sont ainsi réglés :

Un veuf doit avoir en propre, si les échevins reconnaissent qu'il est de condition à en faire usage, un cheval de la valeur de 30 livres d'artois ; s'il valait plus, le surplus serait à partager.

Si le cheval a été acheté pendant la dernière maladie ou après la mort de la femme, il doit être partagé à moins que le veuf ne fut accoutumé d'avoir un cheval antérieurement.

Il doit avoir aussi ses vêtements de drap, sa robe fourrée, son surcot, sa tunique, ses chaussures, une robe longue, ses harnais pour chevaucher, son bonnet de fourrure, son pourpoint, son haubert, ses souliers de fer, sa calotte de fer, ses gantelets en fer, son épée, son poignard, son bouclier, etc.

Une veuve reprend ses meilleurs vêtements : chaperon, serre-tête, voile ; son aumônière, son anneau, son livre d'heures, son bois de lit et la garniture du lit, son meilleur hanap (vase) d'argent, pourvu qu'il ne vaille pas plus de cent sous artésiens, un pot d'étain, une chaise, son lavabo, une armoire, une poële à frire, une crémaillère, le pétrin, le gril à rôtir, le mortier et le pilon, etc...

Le veuf ou la veuve peuvent reprendre ces objets à l'encontre des collatéraux, mais non de leurs enfants.

Coups
blessures.

Si un bourgeois ou manant est blessé sans que mort s'ensuive ni qu'il en demeure estropié, le coupable doit payer les frais de médecin.

Si le blessé est resté estropié, il reçoit en surplus douze livres d'artois.

Les parents du « malfaisant » sont responsables dans des proportions variant du frère qui est astreint à payer 10 sous jusqu'au cousin au troisième degré qui ne paie que 15 deniers. Mais au préalable il a fallu que les appaiseurs, c'est-à-dire les juges de paix du temps, aient obtenu que paix soit faite entre les parties. Celui qui brise cette paix est banni, s'il est bourgeois, pendant 10 ans et 10 jours de Lille et de sa châtellenie. Il encourt une amende de 60 livres, et tous ses parents bourgeois doivent le renier, c'est-à-dire ne lui prêter ni aide ni assistance pendant son bannissement.

Un non bourgeois qui rompt la paix conclue encourt 60 livres d'amende, il est banni à perpétuité et ne peut jamais plus recevoir d'assistance de ses parents.

Rixes
mêlées

S'il survient en ville une rixe ou une mêlée où il soit bon de prendre trèves pour le bien et la paix de la ville, le Rewart, accompagné de deux jurés, a pouvoir de prendre trèves comme le feraient les échevins.

Il n'y a que deux termes en l'an pour les trèves, du jour de Saint-Jean-Baptiste à celui de Noël, et de celui de Noël à celui de Saint-Jean-Baptiste. La nuit de Noël et celle de Saint-Jean-Baptiste, deux échevins parcourent la ville pour renouveler les trèves qui vont échoir. Ceci fait, on laisse quelqu'un près du prévôt pour rendre les trêves claires aux ignorants en leur en donnant connaissance, de façon que des malveillants ne se mettent pas à la traverse. Puis on crie en ville les trêves renouvelées ; quiconque contrevient à cette ordonnance est puni d'amende, et il peut être banni de la ville et de la châtellenie dix ans et dix jours s'il est bourgeois.

Si on prend trêve à un homme blessé qui meurt de sa blessure, la trêve subsiste pour sa parenté.

Dans une rixe le mari peut aider sa femme et réciproquement, sans forfait ; les enfants peuvent aider leurs père et mère, mais la réciproque n'est plus vraie pour les enfants majeurs.

Les délits commis par des enfants mineurs l'un sur l'autre ou contre une personne majeure ne peuvent donner lieu à aucune peine.

Un châtiment ou une correction infligée à un enfant mineur ne donnent lieu non plus à aucune peine, seules doivent être réprimées les violences exercées par vengeance ou haine des parents.

Suivant la loi de Lille, l'homme est majeur à quinze ans, la femme à onze.

Successions. Enfants de bâtard et de bâtarde ne peuvent représenter leur père ni leur mère dans des successions que ceux-ci n'auraient pu atteindre par eux-mêmes à cause de leur naissance illégitime.

Les enfants naturels jouissent des franchises de la bourgeoisie, sauf de celle de l'arsin, aussi longtemps qu'ils n'ont pas racheté leur bourgeoisie ; quand même ils demeureraient en célibat, car les enfants naturels ne sont « mie ou pain ne en le gouvierne dou père ».

Quelqu'un qui se présente comme héritier d'autrui et réclame sa succession est astreint au paiement de toutes les dettes.

Les successions reviennent de droit aux parents les plus proches par le sang.

ritages. Nul ne peut acheter d'héritage en ville s'il n'est bourgeois ou enfant de bourgeois à peine de 60 livres d'amende pour le vendeur, 60 pour l'acheteur et la perte de l'héritage.

L'eau des maisons peut découler des toits sur la terre, naturellement mais non par nochère ni tuyau, à moins de convention spéciale. Une couverture en tuiles doit avoir sept pouces de saillie pour l'écoulement des eaux de pluie, une couverture en paille neuf pouces. L'usage des nochères. on le sait, est très récent et on peut encore voir, rue d'Amiens, une maison du XVIIe siècle ayant une toiture conforme aux vieilles ordonnances.

visions. Les maisons appartenaient souvent par indivis à plusieurs propriétaires, il en est encore quelques-unes à Lille et cela facilitait à un grand nombre l'accession à la propriété. Place du Théâtre où se trouve le magasin de décors de la ville, ce magasin appartient à la ville, la cave au propriétaire d'une maison qu'on vient de démolir, les étages au propriétaire de la maison faisant le coin de la rue des Suaires.

Quand une maison appartient indivisément à deux propriétaires, l'entretien est payé par tous deux aussi longtemps que dure l'édifice ; quand deux personnes sont en débat pour deux propriétés contiguës, on prend l'avis des plus anciens du voisinage, après quoi les échevins font procéder au bornage.

Si un voisin fait une emprise sur le terrain d'autrui, les échevins lui font commandement de la détruire en dedans sept jours et sept nuits, sous peine de 60 sous d'amende au profit du seigneur.

Si un immeuble engagé par devant échevins n'est point racheté dans le délai de deux ans et deux jours, il appartient au premier créancier. S'il y a un second créancier il conserve ses droits, mais à condition de rembourser, dans les deux ans et deux jours, le premier créancier et ainsi des autres créanciers, si le second engagiste n'use de son droit.

La loi de Lille est que les échevins jugent de meubles, de biens réputés meubles, de mêlées, d'assauts, de tous crimes et de toutes contraventions dans l'étendue des limites de l'échevinage. Ces limites étaient vers Wazemmes le moulin del Saulx ; vers La Madeleine-lez-Lille la croix des Poissonniers ; vers Saint-Maurice l'endroit appelé Walencamp, à proximité de la rue du Buisson; vers Saint-André le chemin qui conduit à Lambersart.

Ils jugent aussi de tous délits qui adviennent entre bourgeois de cette ville en dehors de la Châtellenie, les amendes encourues revenant alors au seigneur de la terre ou au prince.

Quiconque assaillit une maison en dedans l'échevinage encourt 10 livres d'amende ; s'il a battu ou maltraité quelqu'un dans cette maison, il est condamné à deux amendes. Si l'assaut est accompagné de violences, une troisième amende est encourue.

Quiconque frappe autrui par colère sans arme tranchante est puni de 10 livres d'amende, ainsi que le conseilleur.

Quiconque se sert pour frapper, d'épée, de couteau, de fauchard ou de miséricorde paie 60 livres d'amende.

Quiconque est convaincu de vol paie 60 sous d'amende et doit restituer la chose volée. Si le vol est commis avec violence, une amende de 10 livres s'ajoute à la précédente.

Ces amendes vont au seigneur.

Si un bourgeois attrait en justice un autre bourgeois dans un endroit où il ne le doit faire, et qu'étant prié par le Rewart et les échevins de se désister il refuse, il perd pour toujours son droit de bourgeoisie, et on publie son nom à tous les carrefours de la ville pour « être allé contre son serment ».

Si les poursuites sont commencées, il est obligé de tenir compte à son adversaire de tous frais et dommages occasionnés.

Quiconque emmène la fille non mariée d'un bourgeois, est condamné à 60 livres d'amende et banni pour trois ans et trois jours, si le père ou la mère réclament ou à leur défaut son plus proche parent. Si la fille épouse son ravisseur sans le consentement de ses amis, elle perd son avoir qui revient à ses père et mère, à leur défaut au plus proche parent.

Si un bourgeois est ajourné en cour de quelque seigneur de la châtellenie pour fief ou terre qu'il tient du seigneur, et qu'il n'ose s'y rendre, soit pour guerre qu'il ait pour lui et ses amis, dont il n'a pas obtenu de trêve, soit par crainte de son seigneur, le bourgeois se présente devant les échevins et le Rewart, et les requiert de lui donner l'assistance due.

Le Rewart et les échevins se rendent auprès du Bailli et le requièrent à leur tour d'aider le bourgeois comme son serment l'y oblige.

Si besoin en est, on requiert le Châtelain ou son lieutenant d'aller avec le bourgeois ajourné pour le ramener sain et sauf.

Et alors, si le bailli ou le châtelain s'y refusent, la commune en armes s'en va, au son de la bancloche, bannières déployées, mener et ramener son bourgeois.

On ne peut ajourner un bourgeois aux droits du Comte, sinon à la vue d'échevins. Il doit venir se présenter volontairement devant eux, et si on l'y amenait par force ou tromperie, l'ajournement serait nul.

L'ajourné doit se présenter à l'heure dite, sous peine d'amende ; s'il ne se présente point, on l'ajourne une seconde fois et, s'il est encore défaillant, les échevins autorisent de l'appréhender n'importe quel jour comme s'il n'était pas bourgeois. Mis hors la loi de la Ville, il lui reste un délai de quinze jours pour comparaître, après quoi on l'abandonne, pour sa dette, à toutes justices quelles qu'elles soient.

Un mot des franches foires.

Huit jours avant l'ouverture et huit jours après, on ne peut vendre aucuns draps en pièce dans aucune ville de

Flandre, sous peine de 20 sous d'amende par chaque pièce de drap.

Depuis le jour où on commence à emballer pour aller à une foire de Flandre, on doit tenir closes les halles du pays jusqu'à huit jours après la fin de la foire.

Les peaux apprêtées, les cuirs, la cire et toutes autres marchandises qui se pèsent, hormis la laine, et les autres marchandises qui viennent communément aux foires, ne peuvent être vendus huit jours avant et huit jours après la foire, sinon par les habitants de la Ville entre eux.

La vente des laines est soumise aux mêmes conditions. Quiconque achète, dans une foire, des marchandises est tenu de régler le vendeur avant son départ de la Ville, sinon il est considéré comme fugitif et peut être arrêté partout en Flandre sans pouvoir se prévaloir des lois ou coutumes de la ville où il serait arrêté.

Le prix du vin, pendant les foires, ne peut dépasser de plus de quatre deniers son cours ordinaire, sous peine de cent sous d'amende pour chaque tonneau de vin d'Auxerre ou de France et de 10 livres pour le vin du Rhin.

Des experts désignés par les cinq bonnes villes Bruges, Gand, Ypres, Lille, Douai, estiment les objets dont ont besoin les marchands qui viennent aux foires.

Un sauf-conduit est accordé à tous marchands qui viennent aux foires de Lille huit jours avant et huit jours après.

Nul ne peut être arrêté pendant la foire. Guillaume le Normand, candidat au comté de Flandre, s'étant avisé en 1127 de faire arrêter pendant la foire sur le marché (la Grand'Place) où elle se tenait, un de ses serfs, la commune de Lille prit les armes, chassa le comte et ses soldats de la ville pour réparer l'outrage fait à ses privilèges. Il lui en coûta gros, car le Normand assiégea Lille, la prit et lui fit payer une forte amende, mais au moins l'honneur fut sauf.

Modifications de certains usages. Le temps modifia certains usages, considérés comme trop rigoureux. C'est ainsi qu'en 1344 le vieux précepte « mort pour mort » reçut une sensible atténuation.

Quiconque a occis un homme dans la ville ou la banlieue. et que paix ait été faite par l'intervention des appaiseurs, se voit condamner seulement à un voyage outremer qui doit durer quarante jours, un an ou plus, suivant le cas.

Celui qui a été condamné à un voyage d'outremer encourt la peine prévue au brevet de paix s'il ne part pas à l'époque fixée. Il n'en est dispensé que s'il y a guerre au pays où il doit aller, dans les pays qu'il doit traverser, ou encore s'il est malade, qu'il a guerre à mort avec un ennemi particulier ou une excuse loyale et sans fraude.

Pour amender les injures le coupable est condamné à un pèlerinage, à Saint-Lambert à Liège par exemple, à Saint-Claude en Bourgogne, à Notre-Dame de Boulogne, etc., et il doit en rapporter lettres.

Les échevins exercent, comme on l'a vu, la justice civile et criminelle, les justices haute, moyenne et basse comme on disait alors. Il n'est pas inutile de voir comment et par qui ils étaient nommés. Une charte célèbre, celle de la comtesse Jeanne, datée du mois de mai 1235, nous donne à ce sujet les détails les plus circonstanciés.

Chaque année, le jour de Toussaint, il est procédé, par le Comte, à la nomination de l'échevinage comprenant douze échevins choisis parmi les bourgeois de Lille dont la probité était notoire et présentés par les curés des quatre plus vieilles paroisses de Lille : Saint-Etienne, Saint-Maurice, Saint-Pierre et Saint-Sauveur.

Ceux qui ont été échevins une année doivent attendre trois ans pour le redevenir.

L'oncle et le neveu ne peuvent être en même temps échevins, il en est de même du père et du fils, du père et du gendre, des cousins germains.

Si une erreur était commise, l'élu voyait annuler sa nomination.

La nomination se faisait de la manière suivante :

Les quatre curés prenaient douze bulletins sur lesquels ils inscrivaient huit noms, quatre restant blancs ; ces bulletins étaient placés dans des globes de cire et les noms tirés au sort. Les échevins une fois élus choisissaient eux-mêmes quatre voirs jurés et un rewart, plus huit jurés de façon que le Conseil de la Ville fut composé de 25 personnes, ni plus ni moins.

Les échevins désignent, en outre, quatre Comtes de la Hanse. Les curés des quatre paroisses nomment aussi cinq appaiseurs, choisis parmi ceux qu'ils croient être les meilleurs et les plus utiles pour faire cesser les inimitiés mortelles et ramener la concorde entre les habitants de la cité.

Le *Livre Roisin* constitue donc, à une époque très reculée, une codification précieuse des règles du Droit dans la ville de Lille. On peut dire qu'il resta la base fondamentale de notre droit local jusqu'à la Révolution, car les adjonctions et modifications qu'il subit à travers les âges y étaient consignées après délibérations des clercs de la Ville.

Comme le rappelle M. Brun-Lavainne le « Livre Roisin », regardé comme authentique, conserva toute son autorité jusqu'au temps où Charles-Quint ordonna la révision de toutes les coutumes de Flandre. Celle de Lille où l'on retrouve une grande partie des dispositions contenues dans le recueil de Roisin fut homologuée en 1533 et devint alors la loi fondamentale du pays, mais ce recueil ne fut point pour cela considéré comme inutile, puisque les magistrats le firent copier en 1617, pour pouvoir encore le consulter sans altérer davantage l'original qui fut déposé dans la trésorerie.

Il serait intéressant, en partant du Livre Roisin, de faire une étude de la coutume de Lille au XVIIIe siècle, à l'aurore des temps modernes, dans le célèbre ouvrage de notre grand jurisconsulte lillois, Patou ; on y trouverait certainement sur bien des points, conservée à travers les siècles, l'empreinte des idées et des formules de Jehan Roisin.

L'histoire du Livre Roisin serait à un autre point de vue d'un puissant intérêt. Il joua, dans la vie de notre cité, un rôle considérable. Contenant le recueil écrit des franchises de la ville, que nos aïeux ont défendues contre toutes les dominations et contre toutes les tentatives d'empiètements avec leur énergie et leur tenacité flamandes, il fut, dans bien des débats célèbres, la base de leur résistance. C'est à ce point de vue que notre ancien collègue Houdoy a étudié tout particulièrement le Livre Roisin dans sa monographie sur le Privilège de non confiscation. Les pages qu'il y a consacrées sont glorieuses pour notre histoire locale ; nous y voyons les péripéties des luttes héroïques soutenues par les Magistrats de Lille contre les Rois de France, les Comtes de Flandre, Charles-Quint, Philippe II et le duc d'Albe. Armés du Roisin, soutenus par les Bourgeois de la Cité, ils sortirent victorieux de toutes ces luttes et maintinrent intact le droit de la Ville. Comme le dit en conclusion notre ancien Président « la postérité ne sera que juste en se souvenant de leurs efforts victorieux, car ce n'est pas seulement le succès qu'il faut glorifier, c'est le devoir dignement accompli ».

Une partie de notre reconnaissance doit aller à notre Livre Roisin et à celui qui a conçu et produit cet instrument si vivace de la défense de nos libertés communales.

Et je suis heureux, étant votre Président comme jurisconsulte, d'apporter ici, à notre vieux juriste, au nom de notre Société foncièrement Lilloise, un faible témoignage de notre admiration et de notre gratitude pour les services rendus à notre vieille cité.

Lille Imp. L. Danel.

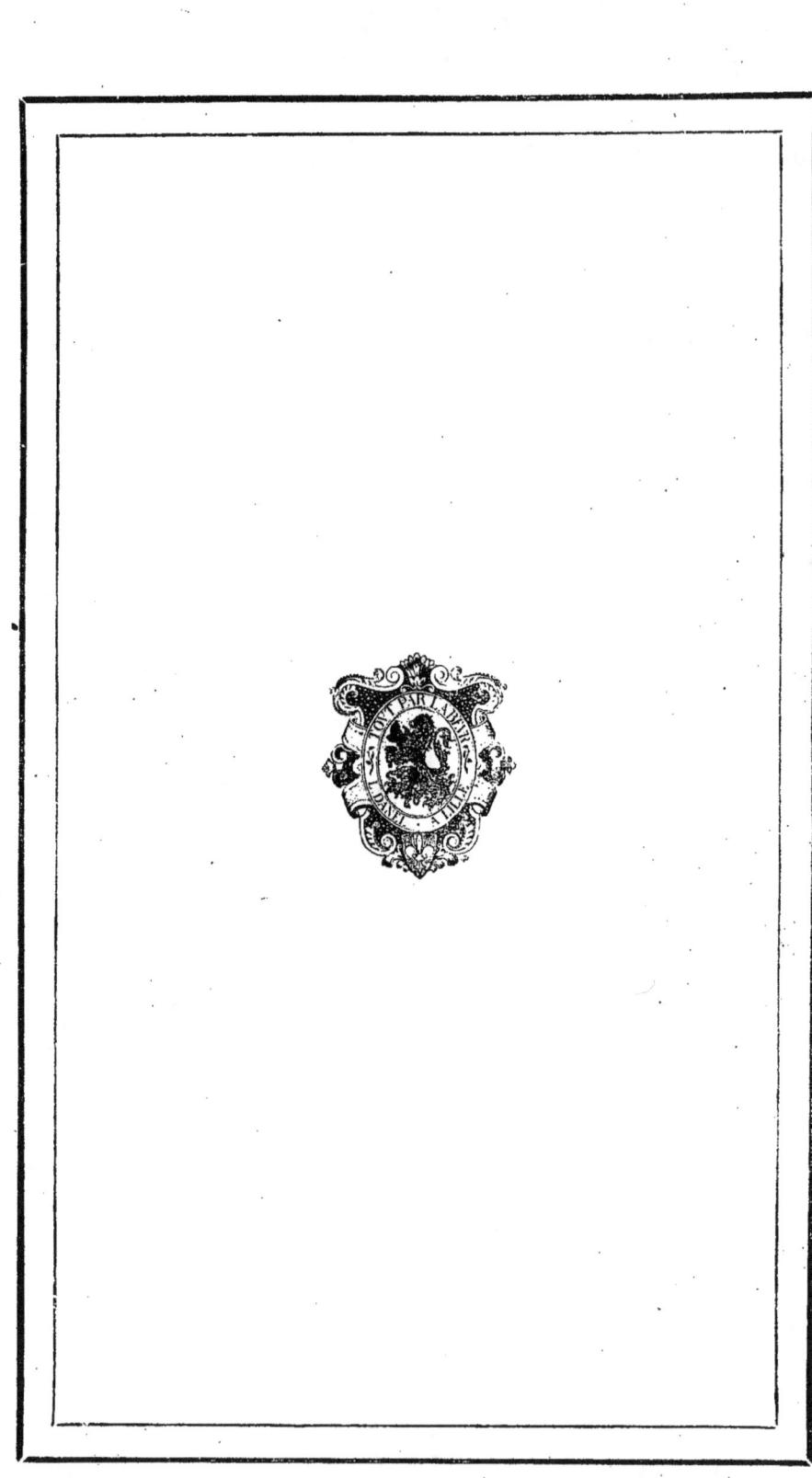